한국 희곡 명작선 78

선물

한국 희곡 명작선 78

선물

윤정환

평민사

윤정환

선물

등장인물

김태수 : 남. 40대 후반. 횡령, 배임, 탈세로 징역 4년을 선고 받고
3년째 복역 중이다. 중소기업의 바지 사장을 지냈다. 신부전
증이 있다. 현역 복무 중 군 교도소에 간 일이 있다.

강우람 : 남. 20대 초. 살인으로 징역 5년 형을 받고 3년째 복역
중이다. 뇌병변 장애인. 언어와 몸이 불편하다. 보통은 휠체
어를 사용하지만 경우에 따라 스스로도 이동 가능하다. 신
부전증을 앓고 있다. 신장 하나는 완전히 기능을 상실한 상
태이고 남은 하나도 좋지 않아 이식을 기다리고 있는 상황
이다.

조한수 : 남. 30대 중반. 절도 전과 5범. 3년 형을 받고 1년째 복
역 중이다.

김희진 : 여. 20대 후반. 연극 치료 및 연극 놀이 담당 교사 및 배
우. 연기를 전공하였고 현재 연기자로 활동하면서 교도소의
연극 치료 프로그램에 배우로 참여하며 역할극을 진행한다.
밝고 명랑하고 유쾌하다. 당당한 성격.

박지영 : 여. 40대 초. 연극 치료 및 연극 놀이 담당 교사. 배우로
활동을 했지만 지금은 연극치료 및 연극 놀이 교사로 활동.
교도소 연극 치료 프로그램의 담당자.

교도관(교위) : 남. 30대 중반. 차분한 성격의 교도관. 간혹 사무
적인 모습도 보이지만 인성 자체는 인자하고 자상한 편이
다. 연극을 좋아하고 즐긴다. 교도소 내 연극 프로그램 운영
의 제안자.

이부장 : 남. 30대 후반. 김태수 회사의 부장. 스포츠머리 스타일.
검정색 양복을 잘 입는다.

강미자 : 50대. 할머니의 손녀이자 강우람의 엄마. 지적 장애2급.
순박한 시골 여자.

강현주 : 강우람의 여동생. 순박한 시골 소녀. 중학교 1학년.

그 외 역할극 속의 인물들.

해설자 : 극의 해설자 역.
태수 : 전역을 앞둔 육군 병장. 군 복무 시절의 김태수.
할머니 : 강원도 정선군 여량면의 촌로. 강미자의 할머니.
원장 : 미자와 우람이 지내던 보육원 희망원의 설립자. 전 원장.
원장부인 : 보육원 원장의 부인.

아들 : 보육원 원장의 아들. 현 원장.
우람 : 감방을 오기 전의 우람.
아버지 : 김태수가 하는 우람의 아버지 역.
우람 엄마 및 미자 : 역할극 속 강미자

때

현대

공간

교도소 내 감방과 연극 연습실 및 기억의 공간.
기본적으로 교도소 내의 각 공간은 사실적으로 만들어져 있고
인물들이 각각의 공간을 이동하면서 연기를 한다. 연극 연습실
내에서는 다양한 공간이 상징적으로 표현될 수 있다.

노트

죄수들은 기본적으로 죄수복을 입지만 그들이 연극 연습을 할
때는 장면 속에서의 인물을 표현할 수 있는 특징적인 의상을 보
강하여 입기 바란다.

1장. 편지1/ 감방

어둠 속에서 판사의 선고가 들린다.
'사건번호 2011 고합 1474, 살인사건에 대한 판결을 선고합니다.
피고인 강우람, 징역 5년에 처한다.'
선고 망치 소리 들리며 조명이 밝아진다.

휠체어 아래 내려앉은 우람은 휠체어 안장을 책상 삼아 편지를 쓰고 있다. 무대 다른 편에서 우람의 엄마와 여동생이 집 마루에 앉아 편지를 읽는 모습이 보인다.
처음에는 우람의 목소리로 편지 내용이 들리다가 차츰 동생인 현주가 읽는다. 우람은 말이 불편하다.

우람   엄마, 그동안 잘 지냈어? 한 달 정도 편지를 못했네. 미안해요. 현주에게도 답장 못해서 미안하고. 밭에 옥수수 다 자랐겠네. 현주는 사춘기라서 밭일 같은 거 하기 싫어 할 테니 괜히 돈 아낀다고 혼자 하다가 아프지 말고 꼭 사람 써요. 현주는 중학교 첫 방학을 잘 보내고 있나?

현주   (뽐내며) 엄청 잘 보내거든. 나 옥수수도 잘 따고 밭일도 잘해. 사투리도 엄청 늘었어. 엄마 나 옥수수 엄청 잘 따지? (편지 읽는다) 참, 나 곧 서울로 가요. 여기보다 좋은 곳이래요. 시설도 좋고. (반기며) 엄마, 오빠 서울에 엄청 좋은 데

로 간대. (편지 읽는다) 거기 가면 내가 편지할 테니 여기로
는 편지 보내지 말아요. 나 나갈 때는 엄청 건강해져서 나
갈 것 같아요. 그럼 집안일은 내가 다 할 테니 엄마는 쉬어
요. 햇빛 너무 강하면 밭에 나가지 마. 얼굴 다 타요. 건강
해치지 않게 밭일도 적당히 하고 나물도 쉬어가며 뜯어
요. 벌써 3년이 지났어요. 조금만 기다려요. 이제 곧 우리
가족 다 같이 모여 행복하게 살 테니까!

우람 현주야, 공부 열심히 하고 엄마 일 잘 도와드려. 울지 말
고! 이제 현주도 다 컸잖아. 그럼 이만 줄일게요. 아들 우
람 올림. (편지를 들고 휠체어에 앉는다)

현주 나 안 우는데. 그지 엄마? 오빠는 너무 몰라. 다음 겨울엔
오빠, 집에 오겠네. 오빠 올 때 눈 내리면 안 되는데… (엄
마, 조용히 일어나 나간다) 엄마, 어디 가나?

현주도 엄마를 따라 나간다. 두 사람 있는 공간의 조명 어두워지
고 우람의 공간만 보인다. 우람의 무릎 위에는 편지 묶음이 놓여
있다.
우람은 창으로 스미는 달빛을 보고 있다.
조명 어두워진다.

2장. 연기/ 태수의 감방

연극 연습을 하는 모습이 상징적으로 표현된다.
이 장면은 연극반의 연극 치료 장면에서 연극 치료 후 태수의 감
방으로 연극적 장치, 연극적 약속을 통해 빠르게 변한다.

인물들이 자리를 잡으면 해설자역의 교도관과 태수에게 조명이
비치고 다른 인물들은 어렴풋하게 보인다.

해설자의 대사에 이어 차갑고 메마른 판사의 음성이 들린다.
태수에게 들리는 판사의 음성은 태수의 기억 속에서 들리는 소리
이다.

해설자   (판사로) 피고인 최후 변론 하세요.

의자에 앉은 김태수에게만 조명이 비친다.

태수   (고개를 숙이며) 죄송합니다. 정말 죄송합니다.

차갑고 메마른 판사의 음성이 들린다.

해설자   (판사로) 00사단 보통 군사법원 1990 고36. 강간사건에

대한 판결을 선고합니다… 피고인 김태수, 징역 2년에 처한다.

선고 망치 소리와 함께 음악이 흐르며 인물들은 각자의 역할 속 인물이 된다. 지영은 할머니처럼 동작을 하며 면회실의 태수를 만나러 온 할머니의 모습이다.
태수는 자기 자리에서 일어나 면회실에서 할머니 역의 지영을 만난다. 면회실의 태수는 자기 감정을 추스르는 노력을 해 보지만 잘 안 된다.

지영   (할머니로) 밥 먹었나? 이게 뭔 날벼락이냐. 니 저녁 먹고 간 날 후로 미자 그 간나가….

태수   (집중을 포기하고) 죄송합니다. 오늘은 좀 힘들어서 저는 다음에 하겠습니다.

음악 멈춘다.

지영   (다가가며) 네. 그러세요. 괜찮습니다. 그럼 다음번에는 방식을 좀 달리 해서 시도해 봐야겠네요. 분장도 좀 하고….

희진   의상이랑 소품도 준비하고요.

지영   근데, 김태수 씨. 다음에 하실 때에는 고백이라고 생각하지 마시고 지난 일을 그냥 담담하게 들려주신다고 생각해 주세요. 부담 갖지 마시구요. (사이) 잘 하셨어요. 다음은 조한수 씨죠? 한수 씨 주제는 다른 거죠? 한수 씨 준비 되셨어요?

한수 형님이 저 상대역 하셔야 되는데….

태수 그래. 할 수 있어.

지영 네. 희진 선생님, 한수 씨 음악 준비해 주세요! 교도관님, 10분 쉬고 시작하겠습니다.

한수 저 준비 다 됐는데.

한수와 태수만 남고 사람들 자리를 떠난다.
잠시 후 조명이 바뀌고 음악이 멈추고 한수와 태수의 동작도 완전히 다른 느낌으로 바뀌며 공간은 태수의 감방이 된다.

한수 법이란 게 코에 걸면 코걸이 귀에 걸면 귀걸이 아닙니까?

태수 그래서 오늘 니 연극대로 니가 무죄라고?

한수 이번에 저는 정말 장물 처리만 했다니까요. 근데 3년이 말이 됩니까? 우리도 이 분야 전문가로서 일하다가 잡히면 얼마나 받을지 대충 통밥은 때리지 않습니까? 저 아까 연기한 게 절대 거짓이 아니거든요.

태수 연기 하던 니 눈은 왠지 거짓 같은 느낌이….

한수 왜 이러세요. 정말! 같이 살면서 식구에 대한 믿음이 이렇게 없으면 안 되죠.

태수 그래. 믿어줄게. 하여간 이번에 나가면 다신 안 들어오는 쪽으로 해라. 근데 너 연극시간 되면 무지 즐거워 보여.

한수　당연히 즐겁죠. 그전에야 가끔 수녀님 보는 게 다였는데 지금은 차원이 다르죠. 사실 처음엔 연극반이 무지 어색했는데 3개월 정도 되니 조금씩 편해지던데요. 형님도 연극반 좋아 하시잖아요.

태수　나라고 뭐 다르겠냐. 너랑 똑같지.

한수　형님, 근데 박 선생님은 선생님이니까 스타일이 그런가보다 하고 이해가 되는데 배우인 희진 선생님은 왜 꼭 바지를 입고 올까요? 혹시 우리가 모르는 교도소 정책 같은 게 있는 거 아닐까요?

태수　그럴지도 모르지.

한수　그렇다면 인권탄압이죠. 미니스커트를 입고 예쁜 다리를 보여주고 싶은 희진 선생의 표현의 자유에 대한 탄압이고 우리들의 아름다움을 보고 즐길 권리에 대한 탄압이죠.

태수　말은 그럴 듯한데….

한수　그럴 듯한 게 아니구요, 제 말은 자연스러운 교정을 해야지 이렇게 구속하면서 교정을 해서는 안 된다 뭐 그런 얘깁니다. 우리도 사람인데 사람 마음을 이렇게 몰라서는 안 된다는 얘기죠. 참, 어떻게 나보다도 사람을 몰라! 안 그래요?

태수　너 여기 나가면 마음잡고 정치를 해봐. 그래서 니가 좀 바꿔.

한수　그건 아닌 것 같고요, 배우를 해볼 생각입니다. 사실 제가 인생이 파란만장하거든요. 이것저것 안 해 본 게 없으니

나름 진실한 연기가 나오지 않겠습니까? 박 선생도 제가 연기에 소질 있다고 하잖아요.

태수 뭐 그것도 괜찮네. 열심히 해 봐.

한수 근데 형님, 오늘 왜 안 하셨어요? 다른 때랑 너무 다르셔서….

태수 오랫동안 잊고 있던 일인데 그걸 다시 생각하면서 내 자신이 너무 부끄럽고 미안했어. 그러다 보니 내가 아닌 등성인물로서 감정을 삽는 게 쉽지 않았어.

한수 뭔 말인지는 모르겠지만 예! 근데 다음엔 어떻게 하시려고요?

태수 더 노력해 봐야지.

한수 저도 다음번에 형님과 같은 주제인데 미리 준비를 해야겠는데요.

태수 넌 진실을 연기하는 것부터 연습해야지.

한수 형님, 제가 한 게 진실이라니까요. 형님까지 이러시면 저는 정말 섭섭합니다. 판사도 그렇고 하다못해 담당 변호사까지도 나를 못 믿어주는데 제가 대체 뭐라고 말을 해요!

태수 진실은 나만의 것이 아니고 상대가 믿어줄 때 비로소 완성되는 거 아닌가. 그게 맞는 건지는 나도 잘 모르겠다만 그냥 그런 생각이 든다.

한수 형님, 요즘 이해하기 어려운 말씀들을 많이 하시는 거 아십니까?

태수　　나도 잘 모른다고 했잖아.

한수　　아니… 우리 둘밖에 없는데… 대화가 돼야 하는데… 쉽게 말하고 단순하게 살자고요. 가뜩이나 머리 터질 것 같은 세상인데.

태수　　미안하다고. 더 길게 가지 마라.

한수　　네. 제가 JQ 구단입니다. 잔대가리 구단! 그 정도 센스는 있죠. 근데 오늘 이 자식 온다고 하지 않았나요?

태수　　나도 그렇게 듣긴 했는데….

한수　　형님, 이 자식 오면 제가 군기 좀 잡겠습니다. 나름 빵의 질서란 게 있는데 너무 풀어주면 안 될 것 같습니다.

태수　　몸도 불편한데 뭘 바래? (멀리서 철문 소리 들린다)

한수　　뭘 바라는 게 아니라 우리 세계의 질서를 알려주는 겁니다. 한 달이 다 됐는데 청소 한번 안 했다니까요.

태수　　적당히 해라.

한수　　예. 다 생각이 있습니다.

교도관이 휠체어를 밀고 태수의 방으로 온다. 우람은 마스크를 쓰고 휠체어를 타고 있다. 한수가 우람의 휠체어를 인계 받는다.

한수　　오셨습니까?

교도관　　오늘 연극은 어땠나?

한수　　(휠체어를 놓아 버리고 태수가 잡는다) 사인, 하나 해 드릴까요? 저 나가면 영화로 무지 바빠질 겁니다.

교도관	사인 안 받아도 되니까 제발 그렇게 좀 돼라.
한수	후회하실 텐데. 다른 사람은 몰라도 교도관님께는 해드리고 가야죠.
교도관	고맙다. 얘는 좀 쉬어야 한다. 김태수, 나 좀 보지.
한수	걱정하지 마십시오.

교도관과 김태수, 나간다.

한수	(비아냥조로) 쉬어야죠. 암, 쉬어야죠! (우람에게) 잘 놀다 왔냐? 이번 간호사는 어땠냐? 섹시했어? 사람이 말을 하면 대꾸를 해야 할 거 아니야? (사이) 말해봐. 자식아.
우람	(발음이 정확하지 않다) 저도 연극하러 가도 돼요?
한수	뭐라고? 말을 똑바로 해 자식아.
우람	(마스크 벗고 말하지만 장애로 인해 발음은 부정확하다) 저도 연극하러 가도 됩니까?
한수	연극? 니가 연극을 어떻게 해?
우람	형님들 하는 거 보고 배우면 되잖아요.
한수	배운다고 되냐? 꿈 깨라. 넌 일단 말도 안 되고 움직이는 것도 안 되잖아. 그런데 어떻게 연극을 해. 말이 되는 소릴 해.
우람	교도관님이 나오고 싶으면 저도 나오라고 하시던데요.
한수	뭐? 와, 미치겠네. 니 생각엔 그게 가능할 거 같냐?
우람	일단 해 보면….

한수   좋아, 나온다고 치자. 니가 뭘 할 건데. 너 말하는 거 우리
가 다 기다려야 되고 못 알아들으면 다시 물어봐야 되고.
또 니가 움직일 때는 누가 휠체어를 밀어주냐? 여기서도
귀찮은데 나보고 연극 연습에서도 너 수발들라고? 너 전
생에 나랑 무슨 원수졌냐? 너 나한테 왜 그래?

우람   저도 몸이 좀 나아지면 휠체어 없이 움직일 수 있어요. 그
리고 힘이 좀 생기면 말도 더 잘 할 수 있고요. 그리고 교
도관님이 연극을 하다보면 마음을 치료할 수도 있다고 하
셔서….

한수   치료? (휠체어를 치며) 니 몸부터 치료하세요. 너 지금부터
내 말 잘 들어. 내 말 안 들으면 앞으로 편지는 없을 줄 알
아. 편지 오는 거 너 안 주고 다 찢어 버린다. 알았어?

우람   안 돼!

한수   그치? 안 되지~? 그러지 않기 위해서는 자 그럼 너의 여
동생에게 얘기를 해서 한 달 안에 반드시 나의 펜팔 친구
를 한 명 이상 만든다. 알겠냐? 이 새끼, 대답 안 해? 내 말
이 무슨 말인지 몰라? 못 알아 듣냐? 아, 너 학교 못 다녔
겠구나?

우람   대학 다니다 왔습니다.

한수   뭐? 진짜야?

우람   네. 사회복지 전공입니다.

한수   다니다 왔으면 아직 못 나온 거잖아 새끼야. 나랑 같네.
고졸!

우람	고졸보다는 좀 더 했죠.
한수	다니다 만 거, 어쨌든 고졸 아냐.
우람	고졸과 대학 휴학은 조금 다르잖아요.
한수	그래서 학벌로 니가 나랑 맞짱 한번 까겠다 이거냐? 이 새끼 처음부터 봐줬더니 이제 막가네. 너 날 너무 알로 보는 경향이 있었어. 안 그래도 내가 눈치챘는데 오늘 너 맛 좀 보자. 형님도 안 계시고 잘 됐네. 너 내가 이 세상에서 제일 싫어하는 게 뭔지 알아? 사람 알로 보는 거야 새끼야. 쥐뿔도 없는 것들이 좆도 아닌 거 가지고 사람 알로 보고 무시하고. 씨발, 지들이 잘났으면 얼마나 잘났다고 사람을 알로 봐. 지금 니가 딱 그 레이다에 걸린 거야. 나 레이다 엄청 쎄다. 너도 내가 그동안 봐 줬더니 날 알로 본다 이거야. 너 같은 새낀 그냥 알로 보는 놈보다 더 나쁜 놈이지. 내가 널 나름 인정해주고 존중해주고 보살펴 줬는데 씨발, 니가 날 알로 보면 안 되지.
우람	형님, 알로 보진 않지만 좀 알로 보면 어때요, 형님이 알이 아니면 되죠.
한수	뭐? 그 알이 아래가 아니고 그 알이냐?
우람	아뇨. 아래가 맞죠. 그냥 장난친 겁니다.
한수	장난? 니가 나랑? 와, 이건 더 열 받네. 너 지금 장난이라 했냐?
우람	죄송합니다. 그냥 전 형님이 감사해서. 그동안 너무 잘 챙겨 주시고 고맙고 해서 그런 건데 기분 나쁘셨다면 죄송

합니다. 정말 죄송합니다.

한수　죄송? 와, 죄송하면 다야? 죄송하면 죄송함을 뭔가 보상하는 뭔가가 있어야지. 그래서 너는 펜팔이 되게 하면 된다! 그걸로 니 사과를 받아들이는 걸로 하겠다. 무슨 말인지 알지? 대학 다니다 만 놈?

우람　제 동생, 중학생인데… 여기가 군대도 아니고 교도소로 펜팔이….

한수　(자신에 대한 연민이 폭발하며) 씨발! 그러니까 위문편지라도 보내 달라고! 나 빵 생활 하면서 편지 한 통 못 받았어. 근데 넌 한 달 만에 몇 통을 받잖아. 씨발, 난 그냥 위문편지라도 받고 싶은 거야. 내가 꼭 이 말까지 해야겠어? 씨발, 뭔 말인지 알지?

우람　네, 형님! 해 볼게요. 아니, 될 겁니다.

한수　진즉에 그렇게 나와야지. 두고 보겠어.

우람　네. (사이) 형님 근데 저도 연극반에 끼워 주시는 거죠?

한수　니가 연극을 어떻게 해? 연극을 해보긴 했어?

우람　네. 대학 1학년 때. 한 번! 그냥 지나가는 사람이긴 했지만.

한수　진짜? 대사 있었어?

우람　네. (사이. 연기하듯) 잠깐만요!

한수　(사이) 뭐? '잠깐만'이라고 해 놓고 왜 말을 안 해?

우람　'잠깐만요!' 그게 대사였어요.

한수　뭐? 난 또! 그런데? 그 다음엔 뭔데?

우람 사람들이 그냥 다 지나가고 나는 그냥 그 자리에 가만히 있다가 다시 잠깐만요 하면 암전됐어요.

한수 야, 그게 뭐 한 거야. 그런 건 나도 하겠다. (진지하게) 사람들이 여길 지나가고. 너는 그냥 서서, 잠깐만요!

급하게 암전되며 음악 흐른다. 암전 속에서.

한수 (소리로) 잠깐만! 나 이제 연기 하려는 건데.

3장. 용서, 태수의 연극/ 연습실

음악이 흐르다가 점차 부분 조명 하나가 태수를 비춘다.
이 장면은 2장에서 태수가 하려다가 못한 장면을 다른 방식으로
만들어 보는 것이다. 의자에 앉는 태수, 이야기를 시작한다.
주변으로 흐릿하지만 다른 사람들의 모습도 보인다.

태수의 대사가 진행되는 동안 주변의 인물들은 태수의 이야기 속
인물이 되어서 무대 위 공간에 자리를 잡는다.
박지영은 할머니 역을 하고 김희진은 미자 역을 한다.

이 장면이 진행될 때 교도관이 해설자 역을 하며 지문을 읽는다.

태수   (간혹 대본을 보면서) 1993년 1월 10일, 저의 나이, 아니, 김
태수의 나이 23살 때입니다. 태수는 강원도 정선에서 군
복무를 했는데 제대가 한 달 남은 때 일입니다. 이병 때부
터 대민지원 나가면서 친해진 할머니 가족이 있었습니다.
할머니와 손녀 둘이서 사는 집이었는데 할머니는 태수를
친아들, 친손자처럼 아껴주셨습니다. 손녀는 태수보다 두
살 위였는데 태수에게 항상 오빠라고 불렀습니다.(음악 멈
춘다) 오빠! 군인 오빠! 사실 손녀는 지적 장애가 조금 있
었습니다. 그날은 며칠 간 내린 눈 때문에 부대원들이 제

설 지원을 나갔습니다. 오전 작업이 끝나고 태수는 할머니 집의 눈을 치워 드리고 가겠다며 중대장에게 조금 늦은 복귀를 허락 받아 할머니 집으로 갔고 마당과 지붕에 눈까지 다 치우고 나니 오후 4시가 되었습니다. 할머니는 밥 먹고 가라면서 이른 저녁을 내어 오셨습니다.

해설자의 해설에 맞춰 인물들은 각자의 연기를 한다.
역할극의 태수는 한수가 한다.

해설자 이 장면의 주 무대는 강원도 정선의 허름한 슬레이트집의 안방 정도이다. 할머니, 저녁상을 들고 들어온다. (할머니 등장) 미자는 태수에게 손짓하며 상 앞으로 끌어 앉힌다.

미자 (들어오며) 오라바이 일루 앉아. 일루 앉으라니.

해설자 미자는 25세인데 말이나 행동이 나이와 어울리지 않게 다소 어려 보인다.

미자 오라바이 밥 먹어.
태수 응. 미자도 같이 먹자. 할머니 같이 드세요.
미자 오라바이 먹어.
할머니 간나야, 할매도 먹어야지 오라바이만 입이나?
미자 오라바이 먹고 할매 먹어. 감자 마수와. 할매 소금 있나.

할머니   정지 찬장에 있어. 니가 가꼬와.

미자   (시큰둥하게) 할매가 가꼬오지.

할머니   이 가시나, 개살 떨지 마. (미자, 부엌으로 간다. 태수에게 술 주며) 날도 추운데 술 한 잔 해.

태수   (한수로) 진짜 술이에요?

할머니   (지영으로) 물이에요. (할머니로) 이게 남자들한테 좋대이. 마바리주야. 3년 됐어.

태수   (한수로) 마바리요?

할머니   (지영으로) 말벌요.

태수   (한수로) 아~ 말벌.

할머니   약이야. 먹어.

태수   부대 들어가야 하는데요.

할머니   우리 집에 온 거 중대장도 다 알거 아니나. 한 달이면 제대인데 술 한 잔 하고 간다고 뭐라 안 해. 마셔! 아무래도 이 밥이 거 밥보다야 사뭇 낫지. 중대장이 머라 하면 내가 줘서 당최 어째 할 재간이 없었다고 막 찍어대.

태수   할머니가 책임지세요.

할머니   이놈의 자슥, 병장이나 돼 갖고 배짱이 그거뿐이 안 되나!

태수   군인이 배짱이 무슨 소용 있어요. 명령 하나면 끝인데.

할머니   그런 배짱도 없이 나라를 우예 지키나. 여튼 먹어.

미자   (소금 들고 들어온다) 소금!

할머니   그래 감자는 여 소금 찍어 묵고. (술 주며) 술도 한잔 더 하고. (미자에게) 니도 얼른 밥 먹어. 미자야, 태수 밥 다 먹고

	보내라. 할미는 읍내 갔다 올게. (일어난다)
태수	지금 읍내를 가신다고요?
할머니	시장 약재상에 오늘까지 갖다 줘야 할 게 있다. 신경 쓰지 말고 먹어. 상은 그냥 두고 다 먹고 가래이.
태수	길이 안 좋을 텐데요.
할머니	그쪽도 군인 아들이 다 치웠단다. 먹고 쉬다 가라. (나간다)
태수	네. 조심히 다녀오세요.
미자	(태수를 따라 한다) 조심히 다녀오세요. 이제 밥 먹어. 오라바이 술도 먹어. 태수 오라바이, 나도 술!
태수	미자, 너 술 먹어?
미자	나 술 잘 먹어. 할매랑 밥 먹을 때 매일 먹어.
태수	반주? 진짜?
미자	(태수의 잔을 마신다) 잘 먹지?
태수	(웃으며) 잘 먹네.
미자	(태수에게 술잔을 주고 술을 따른) 술 먹어.
태수	난 천천히 마실게.
미자	(태수 잔을 마신다) 나 술 잘 먹어.
태수	(잔을 뺏으며) 내가 마실게. 술 줘. (미자가 술을 따라준다) 이거 밥 먹고 먹을게. 미자도 먼저 밥 먹어.
미자	응. (태수가 밥을 먹는 사이 태수의 술을 몰래 마신다) 봤나?
태수	봤다!
미자	나 술 잘 먹지?
태수	(잔을 뺏으며) 응. 미자 엄청 잘 먹어. 근데 이제 그만 먹고

밥 세 번 먹고 술 먹기다. 알았지? 그냥 막 먹기 없다. 약속!

미자 약속! 미자랑 오라바이랑 밥 먹고 술 먹기 약속!

해설자 미자는 태수가 자기를 아끼는 느낌이 좋은지 태수의 관심을 끌고 싶은 것인지 정확하진 않지만 함께 있는 것 자체가 행복해 보인다. 태수의 밥에 반찬도 놓아주기도 하고, 밥 먹는 것을 행복하게 쳐다보기도 한다. 태수는 군 생활 내내 그런 모습으로 지낸 터라 별로 개의치 않고 식사를 한다. 그렇게 두 사람은 술을 주고받으며 저녁을 먹는다. 미자가 취기가 오른 듯 일어나 정선 아리랑을 작게 흥얼거렸다. 태수도 따라 불렀다. 아리랑과 함께 태수의 기억은 어둠 속으로 사라져갔다.

조명이 점차 꺼진다. 완전한 어둠 속에서 아리랑만 들려오다가 잠시 후 누워 있는 태수와 행복한 모습으로 태수를 보고 있는 미자의 모습이 흐리게 보인다.

해설자 (사이) 잠시 후 어둠 속에서 태수를 찾는 소리가 들린다. "야, 김태수!", "김 병장님, 여기 계세요? 김 병장님!" 놀란 태수는 급히 불을 켰다. 흐트러진 옷차림의 미자가 방 한쪽에서 웃는 듯 우는 듯 태수를 바라보고 있고 태수는 자신의 풀어 헤쳐진 군복을 급하게 수습했다. "김 병장님, 김 병장님!" 태수를 부르는 소리가 점점 크게 들려왔다. "김 병장님!"

태수 (잠이 덜 깬 체 일어나며) 어, 왜?

소리 김 병장님, 지금 몇 신 줄 아세요?

태수 (놀라 정신 차리며) 어? 몇 시야? (미자를 발견하고 당황하지만 애써 감추며) 김 일병이냐?

소리 네. 선임하사님도 같이 오셨어요. 지금 일직 사령 난리 났습니다.

태수 (미자의 옷을 챙겨주며) 어. 그래. 선임하사님, 잠깐만요. 금방 나가겠습니다.

해설자 태수는 급하게 자기 옷을 정리하고 미자의 옷도 일부분 정리를 해 주려고 하지만 여전히 정신이 없다. 미자는 아무 말도 하지 않고 태수를 지켜본다. 웃는 듯 우는 듯.

태수 미자야, 괜찮아? 오빠 나중에 올게.

해설자 태수는 방에서 나와 집에서 멀어진다.

미자 (따라가며) 오라바이, 태수 오라바이. 오라바이~!

태수가 미자에게 다가와 아무 소리 내지 말라는 신호를 주자 미자는 작게 태수를 부르며 멀어지는 태수를 끝까지 지켜본다. 미

자가 있는 공간 어두워지고 미자는 희진으로 돌아와 무대 한쪽에
자리를 잡고 앉는다.
의자에 앉은 태수(김태수)의 조명이 더 밝아진다.

태수 태수는 그날 그 자리를 어떻게 나왔는지 잘 기억하지 못
했습니다. 부대로 돌아와 일직 사령에게 혼이 나고, 다음
날 완전 군장으로 연병장 50바퀴를 도는 것으로 그날 일
은 정리되었습니다.

해설자 하지만 연병장을 도는 태수의 가슴속에는 뭔지 모를 불
안이 일고 있었다. 태수는 연병장을 돌면서 할머니나 미
자가 부대로 오지나 않을까 하는 걱정을 하며 위병소 쪽
을 계속 보았는데 아무도 오지 않았다. 그런데 일주일 뒤
경찰이 부대로 찾아왔고 그날 오후 태수는 결국 헌병대로
연행되었다.

태수 역의 한수와 할머니 역의 지영이 면회실로 들어온다.

할머니 밥 먹었나? (사이) 이게 뭐인 날벼락이나? 쫌마 참아봐라.
잘 될기다. (사이) 니 저녁 먹고 간 날 후로 미자 그 간나 매
칠을 앓았다야. 그날 밤에 또 눈이 마이 와 가꼬 내 그날은
집에 못 드가고, 담날 드갔어. 근데, 미자 이 간나, 방에서
삐대고 안 나오드라고. 희안하다 싶어서 들어가 말을 붙

여도 간나 말도 안하고 뭐 대우 매칠을 앓더라고. 내가 이
유를 뭐이나 아나, 해서 읍내 뱅원에 데불고 갔는데 뱅원
의사 선상이 요래요래 딜다 보더니 아무래도 뭐이 마이
이상타 그르드라고. 의사 선상이 일단 갱찰을 부르자고
해서 나야 영문도 모르고 기냥 하자는 대로 했지. 의사 선
상님하고 갱찰이 뭐 마카 뭐라 하더이, 갱찰이 그날 일을
우찌 됐나 묻길래, 내가 아는 대로 마카 얘길 했잖나. 기에
뭐 일이 이리 될 주 알았나? 옆에 있든 여자 갱찰이 미자
한테 '누가 니 아프게 하드나?' 묻드라고. 미자 그 간나 미
친년 맹크로 수줍게 웃으면서 '태수 오라바이,' '군인 오라
바이' 만 연신 불러댔다야. 갱찰이 '태수 오라바이 데불고
올까?' 했드이 배시시 쪼개 가믄서 연신 고개를 끄덕거리
드라고. (사이) 내 그날 읍내만 안 나갔어도 이리 매란 없지
않았나 싶다야. 그놈의 약초 그 뭐이 그 얼매나 번다고…
(사이) 근데 이 자슥아, 니라도 모른다고 하지, 왜서 기라고
해서, 이게 뭐이 고생이나. 아이라 해도 될긴데. (사이) 태
수야. 울 미자가 니 이쁘드나?… 아이다. 미친 할매 밸소
리 다 하네. 내 정신이 까물치린나 보다야. (사이) 미자 그년
참 운도 없는 년이다. 저거 낳고 지 어매 아베가 그해 겨
울에 강 건너다가 얼음이 깨져 둘 다 강에 빠져 죽었잖나.
그후로 내가 건사해야 되는데 밭에도 나가야되고 뭐이 약
초도 캐러 댕겨야 되니 뭐 단디 봐주질 못했어. 그래가 자
가 그리 됐지 싶다. 몽지리 다 내 잘못이야. 매칠 전에 미

27

자가 그러드라고. 오라바이 왜서 안오냐고. 그 내 '태수 보
구숩나' 했더니 '보구숩다. 마이 보구숩다.' 그른다. 참 희
안하지 안나? 미자 그 간나가 아파죽갔는데도 좋다했다.
그날 지 거가 마이 아팠는데도 좋아 죽는다 하드라고! 그
게 대체 뭐이겠나. 저 간나 꼬라지가 저래 태어나 갖고 섭
도 한번 못 써보고 가갔구나 했는데 참, 니한테 냉게베기
가지고 참…! 아이구야 노망난 할매 별 미친소리 다 한다
야. 내가 헌병한테 제발 선처 좀 해달라고 말했다. 나이든
할매가 뭐 힘이 있겠나마는 그래도 부탁했으이 어찌 안
되겠나? 태수야. 인자 나도 니를 안 찾을거고, 미자 그 간
나도 니를 찾지는 못 거다. 근데 미자는 니를 가슴에 담
고 살기다. 그 간나가 지 맘에 사뭇 그리워할 놈 하나는 가
졌구나 싶어서 좋다. 그게 뭔지 아나? 그게 힘이다. 그게
바로 그년이 이 험한 세상을 버틸 수 있는 힘이다. 태수야,
노망난 할매가 하나만 더 얘기할께. 니도 가끔은 아주 가
끔은 우리 미자를 생각해주면 좋겠다. 그거면 됐다! (사이)
우리 이제 밍구스러워하지 말자. 머스마가 울긴 왜 우나?
내 말 알아들었다이?

교도관   할머니, 시간 다 됐습니다.

할머니   아이구! 시간 다 됐네. 드가 봐라.

한수/김태수   할머니….

할머니   안다. 됐다. 드가 봐라.

한수/김태수   죄송합니다.

할머니   아이다. 눈깨비맹큼만 생각 해주믄 된다. 드가라.

태수역의 한수, 면회실 밖으로 나가면 면회실은 어두워진다.
한수는 연기 구역을 벗어나 무대 한쪽에 조용히 앉는다.

무대 한쪽에 의자에 앉은 김태수가 보인다.
숙이고 있던 고개를 애써 들고 잠시 호흡을 가다듬는다.
희진이 김태수에게 다가간다.

희진   (다가가며) 김 선생님, 괜찮으세요?

태수   네.

희진   우리가 연기한 게 선생님의 생각과 많이 다르면 그 다른 부분들을 얘기해 주시고 한 번 더 장면을 만들어 봐도 됩니다.

태수   아니요, 충분합니다. 감사합니다.

희진   저희가 정선 사투리로 고쳐서 연기를 해봤는데 괜찮았나요?

태수   네. 오랜만에 들으니까 감회가 새롭네요.

희진   자신의 경험과 똑같지는 않았겠지만 자신의 경험을 다른 사람을 통해 보시면서 어떠셨는지 간단하게 얘기 좀 해주세요.

지영   희진 선생님, 오늘은 감정도 정리해야 할 테니 그건 다음 번에 하는 걸로 해요.

희진	아, 네. 그게 좋겠네요.
지영	교도관님, 프로그램 시작한 지 3개월 만에 본격적인 연극 만들기는 처음이었는데 어떠셨어요?
교도관	너무 좋았습니다.
지영	한수 씨도 어쩜 그렇게 연기를 잘하시는지.
한수	(수줍어하며) 아니에요.
지영	오늘 다들 너무 고생하셨어요. 일단 정리하죠.

각자 무대를 정리한다.

교도관	(지영에게) 선생님, 드릴 말씀이 있는데요… 다음부터 지체 장애인 한 명이 참여해도 될까요?
지영	지체 장애인요? 그런 분도 여기에 계세요?
교도관	이 친구들과 같은 방을 쓰는데, 연극에 관심이 많습니다.
지영	그럼 저희가 특별히 준비할 게 있을까요?
교도관	아니요. 평상시처럼 하시면 됩니다.
지영	네. 알겠습니다. 저희에게도 좋은 경험이 될 것 같네요. 자, 다 모이시죠. 오늘 정리 멘트는 오늘 장면의 주인공인 김 태수 씨가 해 주세요.

모두 서로의 손을 잡고 원을 만들어 선다.

태수	20년이 넘게 흘렀습니다. 저는 아마도 법이 아니라 그분

이 나를 용서해야 그나마 마음의 무게를 덜 수 있을 겁니다. 오늘 저의 얘기는 저 스스로 생각하고 싶지 않았기에 그동안 덮어 두었을 것입니다. 진심으로 미안하고 진심으로 감사합니다. 저의 허물을 느낄 수 있게 해 주신 여러분께 진심으로 감사드립니다.

음악과 함께 태수의 멘트 마무리 되면서 조명도 어두워진다.

4장. 고백/ 태수의 감방

앞 장면의 음악이 이어지는 가운데 조명이 들어오면 우람이 혼자 연기 연습을 하고 있다.

우람 처음 하는 거라 잘 못 할 수도 있고 어쩌면 제 말을 잘 못 알아들을 수도 있습니다. 이해를 부탁드립니다. 그럼 시작 하겠습니다. 저는 강우람입니다. 스물네 살이고 뇌병변 장 애인으로 지체장애 1급입니다. 저는 어릴 때부터 엄마와 여동생과 같이 보육원에서 살았습니다. 저는 아버지가 누 군지 모릅니다. 어쩌다가 내가 아버지 얘기를 하면 왠지 엄마가 슬퍼지는 것 같아서 아버지 얘기를 하지 않았습 니다. (사이) 제 동생 현주는 다섯 살 때 보육원에서 입양한 동생입니다. 보육원 원장님은 현주가 엄마와 나의 부족한 부분을 많이 도우며 살 수 있을 거라고 하시며 우리가 입 양할 수 있게 해 주셨습니다. 현주는 웃는 모습이 너무 예 쁜데 잘 울었습니다. 근데 이제 중학생이 되면서는 울보 가 아니라고 하니 참 다행입니다. (사이) 저는 잘 부르진 못 하지만 노래하는 것을 좋아 합니다. 내가 노래를 하면 현 주도 늘 옆에서 노래를 합니다.

우람은 잠시 생각에 젖었다가 '행복의 나라로' 노래를 작게 부른다.

노래를 부르는 도중에 한수가 들어온다.

한수   어쭈! 노래 좀 하는데… 너, 병원 가서 좋은 일 있었냐?

우람   아니요. 연극 연습하다가 기분 좋아서 노래 한 거예요.

한수   연습? 무슨 연습?

우람   처음에 자기 소개하는 거 한다고 해서 제 소개 연습했어요.

한수   내가 지난 번 태수 형님 연기 때 완전 연기 신으로 급부상한 거 사람들한테 들었지?

우람   형님이 얘기해서 알죠.

한수   내가? 그래 하여튼 들어서 아는 거잖아. 연기는 혼자 하는 게 아냐. 결국은 봐주는 사람들이 인정하면 그게 바로 완성이자 끝이지. 나 연기의 신! 너 피라미. 따라해 봐.

우람   (동작도 따라 하며) 나 연기의 신! 너 피라미.

한수   아, 그게 아니지. (자신을 피라미라고 한 것에 반응하며) 이 자식이! 자 봐라. 내가 최초의 관객이야. 그리고 넌 여기서 배우. 해 봐! 시작!

우람   그렇게 바로 앞에서 하라니까 떨려요.

한수   떨리지? 당연한 거야. 처음엔 다 그래. 그래도 그걸 이겨내야 연기를 할 수 있어. 뭔 말인지 알지? 처음부터 잘 할 수는 없으니까 그냥 편하게 해 봐. 부담 갖지 말고. 다시 해 봐.

우람   저는 강우람입니다. 나이는 스물네 살이고 뇌병변 장애인으로 지체 장애 1급입니다.

한수 (끊으며) 알아. 그건, 난 다 알잖아. 그런 건 나중에 선생님 이랑 할 때 하고 지금은 클라이막스! (요염한 포즈 취하며) 섹시하고 섹시하고, 섹시하… (사이) 아, 자식 말이 안 통하네. 좋아. 그럼 내가 질문을 하지. 원래 연극 선생님들도 질문을 하거든. (발음을 불명확하게) 너 해 봤어?

우람 말 좀 똑바로 해 봐요.

한수 뭐? 너 이제 내 맘 알겠지? 지금 내 말 못 알아듣는 니 마음이 바로 평상시 내 마음이다 이거지. 알겠냐? 하여간 너, 여자랑 자 봤어?

우람 (당당하게) 네!

한수 (놀라며) 진짜로!

우람 네!

한수 오~! 그거 해 봐. 그런 게 감정폭도 크고 격정적이잖아. 그런 걸 할 때 연기자 입장에서도 집중이 잘 되고, 그러니까 관객도 긴장하고 연기에 집중을 하거든. 뭔 말인지 알지? 해 봐!

우람 대학 1학년 봄 엠티 끝나고 뒤풀이 자리였습니다. 피곤했던지 대부분 일찍들 일어났는데 어떤 선배 한 명이 저랑 한 잔만 더 하자고 해서 같이 마셨습니다.

한수 선배? 여자 선배?

우람 그럼 누구겠어요. 말 끊지 마요.

한수 그래서?

우람 우린 선배 자취방 근처에서 한 잔 더 했고 나도 취했는데 선배가 나보다 더 취했습니다. 할 수 없이 내가 선배를 부축하고 선배 방으로 갔습니다.

한수 니가 부축하는 게 가능해?

우람 가능해요! 집중하게 조용히 좀 해요. (약간 상기되어서) 방에서 선배를 눕히다가 같이 넘어졌는데 내가 깔렸어요. 난 움직일 수 없었어요. 정말이에요. 선배는 아주 건강한 여성이었거든요. 선배가 내 볼에 뽀뽀도 하고 입에 뽀뽀도 하고 갑자기 술이 깬 건지 내 옷도 잘 벗겼어요. 사실 나도 정신이 없었던 것 같기도 해요. 그러고 다음날 선배가 밥을 해 줬어요. 조금 어색하긴 했지만 같이 밥을 먹고 학교로 갔어요. 그 후에도 선배는 종종 집에 놀러 오라고 했는데 난 갈 수가 없었어요. 이유는 나도 몰라요. 그게 나의 첫 경험입니다.

한수 야, 클라이막스를 점평하고 마무리를 하면 안 되지. 아, 자식! 가다 말면 안 되지! 그래도 니 소개보단 낫다. 야, 근데 넌 그 선배가 안 좋았어?

우람 그냥 선배 정도로. 왠지 여자로는 안 느껴져….

한수 이 새끼 이거, 가리네. 사람 가려.

우람 아니, 그게 아니고….

한수 알았어. 알았어. 좀 있다가 형님 오시면 방금 못한 클라이막스를 집중적으로 한 번 더 하고 연극반에 갈지 말지 결정하자.

우람 아 참, 큰 형님, 어디 아프세요?

한수 나도 잘은 몰라! 한 달에 한 번 정도 체크하러 병원을 다녀온다는 거 밖에는. 근데 아까 그거 무슨 노래냐?

우람 행복의 나라로요….

한수 행복의 나라? 누가 부른 건데?

우람 한대수.

한수 어? 난 한수인데! 이름이 나랑 비슷 한대! 수! 한, 대수와 한수! 오케! 나 좀 배우게 불러봐.

우람이 선창하고 한수가 따라한다. 노래 하다가 우람이 멈춘다.

우람 형님, 화장실요.

한수 아이 씨. (휠체어 주며) 타!

한수가 휠체어를 밀고 화장실로 가며 감방은 어두워진다.

5장. 추적1/ 면회실

조명 들어오면 태수와 이 부장이 면회실에 있다.

이부장   말씀하신 할머니는 95년에 사망하고 그 뒤 손녀의 행방에 대해 아는 사람은 만나질 못했습니다. 조금 길게 시간을 두고 머물면서 탐문 조사를 해 봐야 할 것 같습니다.

태수   급한 건 아니지만 최대한 찾아 봐주게.

이부장   네. 알겠습니다.

태수   이 부장, 자네는 스타일 안 바꿔?

이부장   왜요~ 멋지잖아유.

태수   누가 보면 조폭인지 오해 안 해?

이부장   제가 겁이 많잖아요. 이러고 다니니까 누가 건들지도 않고 좋아요. 아까도 운전하다 옆에 차랑 시비가 붙었는데 내가 쫄아서 쓱 쳐다보는데 오히려 그 짝이 놀란 쥐새끼마냥 막 내빼버리는 거예요. 저 저 저, 빨간불인데.

태수   그럴 수도 있겠네.

이부장   근데 하나 여쭤 봐도 되겠습니까?

태수   뭘?

이부장   찾으시는 분과 어떤 관계신지…?

태수   좀 오래되긴 했지만 꼭 갚아야 할 빚이 있어. 더 자세한 건 나중에….

이부장   네. 알겠습니다. 그나저나 몸은 좀 어떠십니까?

태수   잘 먹고 잘 놀아서 그런가 보다시피 엄청 건강해. 한 달에 한 번 체크 하러 다니는 정도. 회사 일도 바쁜데 이런 일까지 부탁해서 미안하네.

이부장   무슨 그런 섭한 말씀을 하십니까. 사장님이랑 제가 뭐 남이에요? 사장님 일이 제 일이고 제 일이 사장님 일이죠.

태수   고맙네. 수고 좀 해 줘.

이부장   네. 아무 걱정하지 마시고 건강 잘 챙기셔유.

태수, 면회실을 나와 교도관의 사무실 공간으로 들어간다.
교도관이 책상에서 서류를 보고 있다.

교도관   앉으세요. 연극 시작한 후로 감방 분위기가 많이 달라졌습니다.

태수   교도관님 덕분이죠.

교도관   연극, 참 묘해요! 사실 저도 한때는 배우가 꿈이었습니다. (사이) 좀 안 어울리죠! (사이. 서류를 내 보이며) 말씀하신 겁니다. 근데 이건 왜?

태수   이런데 올 친구 같지 않은데 좀 궁금해서요.

태수, 서류를 본다. 우람의 신상 카드이다.

태수   (살펴보고) 생각보다 심각한 상태군요.

교도관　네. 김태수 씨도 잘 아시겠지만 어쩌면 이 친구 곧 병원으로 가야 할지도 모릅니다.

태수　젊은 친구가 안 됐네요. 감사합니다. 가보겠습니다.

교도관　네. 연습실에서 봬요.

태수가 나오며 교도관 사무실은 어두워진다.

6장. 행복, 우람의 연극/ 연습실

음악이 흐르면서 무대에 조명이 들어온다. 무대 한쪽에 휠체어가 보인다.
우람은 벽에 기대거나 의자에 앉아 연습을 하고 있다.
처음보다 몸 상태가 좋아 보인다. 잠시 호흡을 가다듬고 말을 한다.

우람　　저는 엄마와 동생과 함께 어릴 때부터 보육원에서 살았습니다. 우리 가족은 엄마가 보육원에서 허드렛일을 하는 것으로 생계를 유지했습니다. 저는 대학생이 되면서 보육원에서 나와 자립 생활을 시작했습니다. 밖에서 생활해도 휴일이면 늘 보육원에 가서 엄마의 일을 도왔습니다. 내가 고등학생 때 원장님은 암으로 더 이상 보육원을 돌볼 수 없게 되었고 부원장이던 아들이… 나쁜 놈… 부원장이던 아들이 원장님 자리를 물려받았는데….

지영이 박수를 치면서 무대 전체 밝아진다.
각자가 주변에서 연습을 하고 있는 모습들이 보인다.

지영　　자, 모여 볼까요. (사람들이 모인다) 이제 연습은 그만 하고 실제로 한 번 해보겠습니다. 우람 씨 인사와 독백은 지난번에 했고요, 오늘은 그 다음 얘기, 장면 연기를 하겠습니다. 세팅 먼저 해주세요.

태수　(무대 정면의 중앙 쪽을 가리키며) 선생님, 금고 위치는 여기
　　　　로….

지영　네. 연습 때처럼 거기로 하구요….

한수　(테이블 놓으며) 원장님 책상입니다.

희진　(종이 뭉치 같은 것을 들고) 이건 골프채입니다.

한수　네, 제가 챙길게요. (무대 한쪽에 둔다)

희진　그리고 김 선생님 서류가방 챙기시구요….

태수　아, 제가 쓸 손전등은요?

희진　어머, 제가 깜빡 잊고 준비를 못했네요.

교도관　(자기 것을 주며) 그러면 우선 이걸 사용하세요.

희진　감사합니다, 교도관님.

각자가 연습 도구를 배치하면서 공간을 보육원 원장실처럼 꾸민다.

지영　그럼 각자 위치 잡아주시고, 교도관님, 준비 되셨으면 시
　　　　작해주세요. 조명, 음향. 스탠바이. 고!

조명이 바뀌고 해설자의 해설에 맞춰 각자 연기를 한다.
태수는 아들, 한수는 보육원장, 지영은 보육원장의 부인, 희진은
우람 엄마, 우람은 그대로 우람이 배역을 맞고 교도관은 해설을
한다.

인물들은 자신이 등장하기 전까지는 무대 여기저기 앉아서 장면을 보며 대기한다. 연기에 들어가면 처음에는 연기가 조금 과장되거나 어색한데 시간이 흐르며 완성되어 가는 모습이다.

해설자 지금 여기는 보육원 원장실입니다. 시간은 새벽 3시경입니다. 현 원장인 아들이 손전등을 비추며 원장실로 들어온다. 한쪽 벽에서 비밀 금고를 열고 서류를 꺼내 보고는 자기 가방에 넣으려는데 전 원장이 불을 켜며 들어온다.

원장 (불을 켜고) 누구 있소?

아들 (놀라며) 아버지!

원장 니가 드디어 미쳤구나? 금고 번호는 니 애미가 알려 줬을 테고. 모자가 미쳐도 단단히 미쳤어. 다 제자리에 놔라.

아들 싫어요. 이깟 보육원이 뭐라고 미련을 두세요. 이 앞으로 도로도 날 거고 땅값도 최고로 올랐어요. 지금 안 팔면 제 값도 못 받아요. 제발 제 얘길 들으세요.

원장 이놈! 내 죽기 전에 절대로 안 된다고 하지 않았어! 당장 제자리에 놔!

아들 싫다구요! 어차피 아버지, 암 때문에 얼마 못 살아요. 그러니까 이제 좀 다 내려놓고 제게 맡기세요.

한수 미친놈! (대사 타이밍이 아닌데 들어가서 잠시 어색해진다)

아들 (자연스럽게 하려고 애쓰며) 그게 아버지 건강에도 좋아요.

원장 (제대로 된 타이밍을 과장하며) 미친놈! 그래. 니 말대로 난 죽을 날이 얼마 안 남았다. 내 죽은 뒤에 니 맘대로 해. 그럼 될 거 아니야!

아들 엄마가 그러대요. 저한테는 한 푼도 없을 거라고. 다 사회에 기증하겠다고 했다면서요. 내 걸 왜 남을 줘요. 미쳤어요? 내가 미친 게 아니고 아버지가 미친 거예요. 비키세요. 안 그럼 저도 어떻게 할지 몰라요.

원장 그래도 아들이라고 노름에 빠진 놈 건져다 월급 주며 사람 만들어보려 했더니 겨우 니가 하는 짓이 이거냐? 너 이놈의 새끼!

해설자 원장, 분에 못 이겨 근처에 있던 골프채를 들고 아들을 때릴 듯이 공격한다.

원장 (골프채를 찾아 들고) 너 이놈!
아들 (막으며) 아버지!

해설자 소리를 듣고 달려온 원장 부인이 두 사람 사이를 막는다. 아들이 원장의 골프채를 빼앗고 휘두르는데 원장이 뒤통수를 맞고 쓰러진다.

원장부인 여보, 여보, 정신 좀 차려 봐요. 여보.
아들 아, 씨발, 노인네 왜 덤벼가지고… 그냥, 니 거 다 가져라. 하면 될 것을. 엄마, 물 좀 줘. 아, 씨발!

원장부인	(원장을 흔들며) 여보, 여보….
아들	엄마, 뭐해? 물 좀 달라고.
원장부인	이놈아, 아버지 좀 봐. 여길 좀 봐.
아들	보긴 뭘 봐. 그냥 일으켜 세워. 놀래서 그래.
원장부인	놀란 게 이러냐. 이 피는 뭐고? 여보, 눈 좀 떠봐요. 여보!

원장이 죽은 연기를 하고 부인과 아들은 원장의 죽음에 놀란다. 무대 한쪽에 앉아서 등장 시간을 기다리던 우람 엄마가 일어나 들어온다.

우람엄마	아~악! 원장님!

우람 엄마가 죽은 원장을 보고 놀라고 아들은 우람 엄마를 힘으로 제압하고 아무 소리를 내지 못하게 한다. 우람이 방으로 들어오며 엄마를 괴롭히는 아들을 보고 공격하다가 아들의 골프채에 맞고 쓰러진다. 아들은 우람을 계속 공격한다.

우람	(달려오며) 하지 마!
원장부인	그만! 그만해라. 그만! 그만 해!
아들	알았어. 알았어. 엄마는 그냥 가만있어. 내가 알아서 할게. (골프채로 우람의 목을 누르며 우람 엄마에게) 야, 너 여기서 본 거 있어? 넌 아무것도 못 본 거야. 대답해. 아니면 니 아들, 더 병신으로 만들어 준다. 대답 안 해?

우람엄마 살려주세요. 아무것도 못 봤어요. 제발 살려주세요. 정말 아무것도 못 봤어요.

아들 내가 어떤 사람인지 알지? 니가 한 말 못 지키면 니들 다 죽어. 알아들어?

우람엄마 네. 잘못했어요. 살려주세요. 잘못했습니다.

우람 개자식아, 죽여 버린다.

아들 (때리며) 조용해 새끼야! 진짜 다 죽여 버리기 전에. (사이) 우리 모든 걸 깨끗하게 정리하자. 누이 좋고 매부 좋게! 잘 들어. 우리 아버진 니가 죽였다. 자립생활하느라 돈도 궁하고 대학 등록금도 마련해야 하는 상황에서 아버지 금고의 돈을 훔치려다 들키는 바람에 우발적으로 죽이게 된 거다. 나는 아버지랑 너랑 싸우는 소리에 나왔다가 골프채에 맞았고 나중에 내가 널 공격해서 잡았다. 이게 오늘 이 방에서 있었던 일이다. 오늘 사건의 진실이다. (사이) 그래. 너는 신체 조건도 그렇고 우발적 살인으로 정상 참작될 거야. 재판 끝나고 니가 형을 살 때 그 대가를 너희 엄마에게 현금으로 준다. 원하는 곳에 집 사주고 현금 5억! 니들이 평생 벌어도 절대로 벌 수 없는 돈이다. 오케이? 이게 내 제안이다. (원장 부인에게) 엄마, 이 정도는 해 줘야 되겠지? 나, 하나밖에 없는 아들, 살인자로 감방에서 썩게 할 순 없잖아. 안 그래 엄마?

원장부인 우람 엄마, 괜찮아. 잘 될 거야. 우람이 병원도 계속 다녀야 하고 등록금도 필요하고. 그리고 이제 여길 나가면 돈

벌기도 힘들고. 무슨 말인지 알지?

우람엄마 잘못했습니다. 예. 예. 시키는 대로 할게요. 용서해주세요.

원장부인 우람아? 병원도 계속 다녀야 하잖아. 넌 정상 참작 될 거
야. 잠깐이면 된다. 우람아, 엄마랑 현주를 생각해. 내가 무
슨 일이 있어도 오늘 약속 지킬 거야.

우람 사모님….

원장부인 (넋이 나간 모습으로) 미안하다. (나간다)

아들 약속 꼭 지켜라. 안 그러면 다 죽는다. (우람 엄마에게) 야, 너
벗어.

우람엄마 살려 주세요.

아들 살려주려고 그러는 거야. 안 그럼 니 딸 데리고 온다.

우람 (소리치며) 하지 마! 하지 마! 개자식아!

아들 (때리며) 가만있어. 새끼야! 이게 다 우리의 약속을 위해서
이러는 거야. 니들이 약속만 지키면 사진도 조용히 사라
지는 거야. (우람 엄마를 끌고 연기 구역 밖으로 나간다. 연기 구역
밖에서 더욱 절실한 소리로 연기한다) 좋게 말할 때 벗자. 그게
서로 좋아. 빨리 안 벗어? 내가 벗겨줄까? 니가 이러면 니
아들, 딸 다 죽어! 둘 다 맞아 죽는다고. 내가 벗겨?

우람엄마 예! 살려주세요. 제발 살려주세요!

아들의 협박과 우람 엄마의 대사가 들리는 가운데 쓰러져 있던
우람이 일어나 소리 나는 쪽으로 달려간다.

우람   하지 마!

엄마를 구하고 싶은 우람의 바람이 음악과 함께 멀리 퍼져나가고 얼마 후 우람은 호흡을 가다듬고 정면으로 돌아본다.

우람   당시 원장은 엄마의 나체 사진을 찍었어요. (사이) 재판이 다 끝난 후 한 달도 안 되어 보육원이 없어졌어요. 아이들은 제각각 흩어졌어요. 어느 날 사모님이 면회를 와 엄마와 동생이 고향에 집을 마련했고 곧 거기로 갈 거라고 했어요. 그리고 고맙고 미안하다고 말씀하시고 소리 없이 울다가 가셨어요. 그 후 얼마 안 되어 원장님 가족은 외국으로 떠나셨어요. 얼마 후 엄마와 동생은 고향에 내려갔고 작은 밭을 일구며 살고 있어요. 참 다행이죠. (사이) 난 엄마와 동생에게 해 줄 수 있는 것이 없어서 늘 미안했어요. 지금까지 살면서 내 몸이 이런 것이 그렇게 슬프지는 않았어요. 그런데 그날은, 그날만은 슬펐어요. 죄도 없는 엄마가 그놈에게 괴롭힘을 당하고 잘못한 것도 없이 빌고 있는데 그걸 보면서도 바닥에 누워 아무것도 할 수 없는 내가 너무도 미웠어요. 그날은 내 몸이 원망스러워서 눈물이 났어요. (사이) 그런데 지금은요, 괜찮아요. 좀 모자란 몸이긴 하지만 집에 보탬이 됐잖아요. 나름 여기 있는 게 나쁘지만은 않아요. (사이) 감사합니다.

지영   우람 씨 불 켜도 될까요?

우람	네.
지영	불 좀 켜주세요.

무대 전체 조명 들어오고 각 인물들은 각자의 위치에 조금은 숙연한 모습으로 있다가 우람 주변으로 모인다.

지영	우람 씨 괜찮아요?
우람	네. (사이) 감사합니다.
지영	장면 속의 연기는 맘에 들었어요?
우람	네. 너무 잘 해주셨어요.
태수	내가 너무 심하게 하지 않았나?
교도관	정말 나쁜 놈 같았어요.
우람	연극배우 같았어요. 최고예요!
지영	순간적으로 실제 상황인 것 같아서 교도관님하고 몇 번 긴장을 했어요. 한수 씨도 어쩜 그렇게 잘하세요?
한수	감사합니다.
지영	희진 선생님, 다음 번 주제는 뭐죠?
희진	네. 그날의 주제는 지금 내가 가장 해보고 싶은 것입니다.
지영	네. 2주 뒤입니다. 다들 준비 잘 해 주시구요 다 같이 정리하겠습니다. 우람 씨, 정리하고 나면 마지막 멘트 부탁드려요. 교도관님 잠시 드릴 말씀이 있습니다.

각자 무대 정리를 하고 지영과 교도관은 무대 한쪽에서 얘기 나

눈다.

한수 야, 내 연기 어땠어?

우람 생각보다는 괜찮았어요.

지영 우람 씨 얘기대로라면 무슨 조치를 취해야 하지 않을까요?

교도관 법적으로 쉬운 문제는 아닐 것 같은데 저도 좀 알아보겠습니다.

음악 흐르는 가운데 인물들은 무대 정리가 끝나면 퇴장하고 조명은 점차 우람만을 비추고 다른 사람들은 그림자처럼 보인다.

우람 세상과 격리된 이곳의 사람들은 시간이 지날수록 가슴속에 알 수 없는 분노와 적개심이 자라서 다른 사람의 삶에는 관심도 없습니다. 그런데 오늘 여기 계신 모든 분들이 진심으로 제 이야기에 귀 기울여 주셨습니다. 저는 오늘 제 마음속에 묻어둔 진실을 보여줬고 여러분은 저를, 저의 장애를 있는 그대로 받아주셨고 또 저의 연기를 기다려 주셨습니다. 진심으로 감사합니다.

음악과 함께 무대 어두워진다.

7장. 편지2/ 감방

무대에 불이 들어오면 책상에 앉은 우람은 편지를 보면서 한수를 가끔 본다. 한수는 감방 구석 자기 침대에 누워 있다.

한수   (먹고 싶은 것을 생각하며) 횡성 한우! 영덕 대게! 춘천 닭갈비!

우람   형님, 뭐해요?

한수   다음 연극 생각!

우람   형님이 지금 가장 원하는 게 뭔데요?

한수   그걸 몰라서 생각하고 있는 거야. 넌 있냐?

우람   그럼요. 항상 있지요.

한수   그건 꿈이지. 꿈이 아니라 그냥 지금 가장 하고 싶은 거.

우람   그게 꿈이죠.

한수   그런가? 그럼 난 꿈도 없는 거냐? 씨발, 아니지! 지금이야 당연히 여길 나가는 게 내 꿈이지. 넌 아니냐?

우람   저는 아버지 엄마 동생 다 같이 모여 밥 먹는 게 꿈이에요. 밥 먹으며 잔소리도 듣고 대들기도 하고 또 편하게 아버지랑 술도 마시고… 뭐 그냥 그런 평범한 저녁 식사.

한수   난 아버지도 있는데 그런 날이 없다. 처음 감방 다녀 온 뒤로는 집에 가도 가족들이 나랑 말도 안 했거든. 가족이 무슨 소용이냐! 여기 있어도 편지 한번 안 하는데. 씨발! 난 그런 꿈 안 꾼다. 이루어질 수 없으니까!

우람	형님, 편지 하나 드려요?
한수	됐어. 니 편지를 내가 왜 봐.
우람	내 편지를 왜 줘요. 형님 편지니까 주는 거지.
한수	뭐? 내 편지? 그럼 펜팔 된 거냐?
우람	펜팔이 아니고 위문편지겠죠. 여기요. (편지 준다)
한수	누군데?
우람	(빙긋 웃으며) 몰라요. 보내는 사람은 없고 받는 사람만 있네.

한수는 급하게 편지를 뜯어 읽는다. 우람도 편지를 읽는다.
두 사람이 편지를 읽는 동안 우람의 동생 현주가 무대 다른 곳에
서 산골의 순박한 중학생 여자 아이의 모습으로 보였다가 사라지
기도 한다.

한수	한수 삼촌 안녕하세요? 저는 우람 오빠 동생 강현주예요.
	(우람에게) 야, 삼촌이 뭐냐? 오빠라고 소개를 해야지?
우람	도둑놈! 말이 돼? 20년 차이인데.
한수	야, 너 말이 좀 짧다?
우람	(은근한 협박으로) 편지!
한수	아냐! 고마워. (편지 읽는다) 우리 오빠를 잘 보살펴 주셔서
	감사해요. 근데요 내가 글씨를 무지 못써요. 그래도 귀엽
	게 봐 주세요. (기쁘게) 나도 못써! 원래 천재는 악필이라고
	했던 것 같은데… 사는데 아무 지장 없어.

우람이 편지를 읽고 있다. 현주의 모습 보인다.

현주 오라바이, 요즘 동네에 희한한 일이 있어. 목에 이상한 문신을 한 사람들이 몰려와서 가게 마루에서 막걸리랑 사이다 먹으면서 한참을 요래 앉아 있다가 그냥 가. 까만 차 타고. 참 희한하지 않나? 동네 친구 선화가 그러는데 저번에 그 아즈바이들이 몰려와서 우리 집을 물어봤대. 엄마랑 나랑 누구냐고? 아니 그게 뭐야? 나랑 엄마가 나랑 엄마지 누구긴 누구야? 참 답답스런 아즈바이들 아이나. 나중에 또 오면 내가 물어 볼라고. 왜서 어마이랑 내랑 누구냐고 물어 봤는지! 내 알게 되면 오라바이한테도 꼭 알려줄게.

현주를 비추는 조명이 변하고 한수가 상상하는 현주의 모습이 보인다.

한수 (편지 읽는다) 한수 씨, 요즘 동네에 이상한 일이 있어요.
현주 제 친구 만수처럼 네모난 머리를 한 아저씨들이 동네에 오는데 우리 동네 오빠들이 그 아저씨들 보고 깍두기라고 불러요. 어머나! 깍두기는 먹는 건데 왜 멀쩡한 사람한테 깍두기라고 하는지 나는 도무지 알 수가 없어요.
한수 (생각하다가) 우람아, 혹시 너희 동네 요즘 여기저기 개발하고 그러냐?

우람   저는 잘 몰라요. 고향이지만 너무 어릴 때 나오고 한 번도 안 가 봤어요.

한수   거기 땅 사두면 값이 좀 오르고 그런다는 말도 못 들어 봤냐?

우람   외지 사람들이 많이 온다는 얘긴 들었어요. 거기가 5일장도 유명하고 강도 좋고, 산도 좋고, 경치도 좋대요.

한수   응, 그래. (혼잣말로) 깍두기들이 그 산골까지 놀러 갔을 리는 없고 뭔가 있는 것 같은데. 뭐지? 한수 씨.

현주   (조명에 모습 보이며) 한수 씨, 나도 이제 여기 사투리를 조금씩 공부하기 시작했어요. 이게 얼마나 재미있는지 한 번 들어보실래요? 한수 씨는 낭중에 커서 뭐 될 꺼래요? 나는 아직 산에서 놀고 강에서 고기 잡는 게 좋아서 별 생각이 엄서요. 다른 아들은 학교 끝나면 다 학원 가는데 나는 어마이랑 나물도 캐고 밭일도 하고 마당에서 고기도 꾸어 먹고 놀러 댕겨요. 우리 어마이는 나한테 공부하란 얘길 안 해서 참 좋아요. 난 그냥 이렇게 노는 게 좋아요. 낭중에 우리 오라바이랑 같이 놀러 와요. 물고기도 잡고 삼겹살 돌구이도 해 먹으면 얼매나 맛있는지 매란도 없어요. 현주!

한수   미치겠다!

우람   그러다 진짜 미친놈 되겠어요.

한수   뭐라고? 야, 너희 집 강원도 어디라고 했지?

우람   정선요.

한수 정선! 거기가 정선아리랑, 그거 나온 데 맞지? 너 정선아
리랑 아냐?

우람 몰라요. 거기 산 기억도 없는데 그걸 어떻게 알아요?

한수 하긴! 정선아리랑! 희진 선생님한테 가르쳐달라고 해야겠
다. 너도 같이 배워.

우람 그건 갑자기 왜요?

한수 여기 나가면 정선 가서 현주한테 쫙 뽑아주면 좋아할 거
아니냐? 사람이 미리 미리 준비를 해야지. (생각하고) 이거
든가? 아리랑 아리랑~

우람 아리랑, 아리랑~ 형님, (노래로) 화장실요~.

두 사람 같이 아리랑을 부른다.
잠시 후 우람이 화장실을 가자고 하고 한수는 우람의 휠체어를
밀고 화장실로 나가며 암전된다.
아리랑 곡조로 '아리랑 고개 넘어서 화장실을 가~ 네~'

8장. 추적2/ 면회실

조명이 들어오면 면회실에 이 부장과 태수가 있다.

태수   그래서, 딸 하나! 결혼도 하고 다행이군. 남편은?

이부장   이상하게도 결혼 기록이 없습니다. 마을 사람들한테 물어
봐도 남편에 대한 정보는 찾을 수 없었습니다.

태수   부모 복이 없더니 남편 복도 없는 건가! 다른 가족은?

이부장   그게 좀 이상합니다. 지금은 그쪽이 외지 사람들이 들어
와 사는 경우가 많고 오래된 일이라 토박이들도 미자 씨
를 기억하는 사람이 몇 안 되는데 기억하는 사람들 말을
종합해 보면 할머니가 살아 계실 때 어느 날부터 갓난아
이 하나가 같이 살았답니다. 남자 아이였는데 그 아이가
누군지는 동네 사람들도 몰랐답니다. 어느 날부터 할머니
와 미자 씨가 당신들 자식처럼 키우다가 할머니 돌아가시
고 미자 씨가 떠난 후 그 아이를 본 사람이 없습니다. 그런
데 한 20년 만에 나타난 미자 씨가 아들이 아닌 어린 딸과
같이 온 겁니다. 아직 호적에는 아들, 딸이 다 있긴 합니
다. 둘 다 강 씨인걸 봐서는 아버지 성이 강 씨인 것 같습
니다.

태수   강씨? 미자 씨의 성도 강 씨잖아.

이부장   아! 그러고 보니 그렇네요.

태수   딸은 몇 살이지?

이부장   중학교 1학년, 14살입니다.

태수   사는 건 어떤가?

이부장   그리 크진 않지만 집도 있고, 밭도 있고. 동네 다른 집들
             품앗이도 하고 산나물이나 밭의 채소를 시장에 내다 팔며
             생활하는데 행복해 보였습니다.

태수   두 사람 다 건강하고?

이부장   네. 그래보였습니다. 그런데 강미자 씨는 글은 잘 모르는
             것 같았습니다. 글과 관계된 건 항상 딸이 읽어 주는 것 같
             았습니다.

태수   무슨 얘긴지 아네. 시간 될 때 가서 나물도 좀 팔아 주고
             도울 일 있으면 좀 돕기도 하고 그래 주게. 나가면 내 보답
             은 톡톡히 할게.

이부장   네. 알겠습니다. 지가 안 그래도 시장에서 더덕을 팔고 있
             길래 몽땅 사가지고 왔습니다.

태수   잘했네. 요즘 회사는 좀 어떤가?

이부장   회장님이 아무래도 회사를 정리할 생각을 하시는 것 같습
             니다.

태수   왜?

이부장   사장님이 총대를 메고 들어가시긴 했지만 회장님한테 보
             이지 않는 표적수사가 이뤄지고 있습니다.

태수   주식은 어때?

이부장   조금씩 떨어지는 추세입니다.

태수	다른 임원들은?
이부장	회장님 쪽 동태를 아는 일부 이사들은 이미 다른 방법을 찾는 것 같습니다.
태수	기업이란 게 이용 가치가 없어지면 사람을 헌신짝 버리듯 하네. 나 보면 알잖아. 바지사장 정도는 이렇게 총알받이로 쓰는 거야. 자네도 걱정이 많겠군. 내 일 때문에 자네한테 괜한 부담 주는 건 아닌가 모르겠네.
이부장	무슨 그런 섭섭한 말씀을 하십니까? 제가 아니면 누가 사장님 일을 합니까?
태수	고맙네. 수고스럽더라도 이번에 부탁한 일은 특별히 신경 좀 써 줘.
이부장	다른 건 신경 쓰지 마시고 몸이나 잘 챙기셔요.

태수가 면회실에서 나간다.

9장. 꿈/ 감방

감방에서 한수가 정선아리랑을 부르며 조명 들어오고 잠시 후 태
수가 감방으로 들어온다.

태수 연극 연습은 안 하고 뭐 하는 거냐?

한수 이게 연습입니다.

태수 지금 가장 하고 싶은 게 그거야?

한수 네. 형님, 아리랑~ 아리랑~ 이게 뭔지 아십니까?

태수 정선아리랑!

한수 와우! 빙고! 어떻게 한방에 아세요?

태수 군대에서 알았다. 아, 맞다. 그래서 이번 연극에 그거 부를
거냐?

한수 예. 우람이가 가장 하고 싶은 게 가족과 함께 식사하는 건
데 우람이 장면 때 제가 그 식사 자리에 친구로 끼어서 같
이 한 잔 하다가 이 노래를 하기로 했습니다. 식사 자리에
서 하기에는 좀 그런가요?

태수 연극인데 뭐 어때?

한수 아, 이번에 우람이 장면에서 형님이 아버지 역 하셔야 될
걸요?

태수 못 할 거야 없지. 근데 아버지도 그 노래 불러야 되냐?

한수 하면 좋죠. 내가 부르다가 가족들이 다 춤추고 노래하

고… 파티처럼, 잔치처럼 되면 좋잖아요. 부를 줄 아세요?

태수, 잠시 생각하다가 노래 부른다.
한수가 조금 흥겹게 불렀다면 태수의 노래는 구슬프게 들린다.
태수가 노래를 하는데 군 시절 미자가 부르던 노랫소리 겹친다.
태수는 다 부르지 못하고 중간에 노래를 멈춘다.

한수   형님이 부르니까 좀 슬프네요. 내가 부를 때는 안 그런데.

태수   아리랑이 원래 다양해. 슬프게 부르면 슬프고 즐겁게 부르면 즐거운 거지. 근데 갑자기 정선아리랑은 왜?

한수   사실은 제가요, 펜팔 친구가 하나 생겼습니다. 강원도 정선에 살아요. 정선 가면, 한 곡 뽑아 주면 좋아 할 거 같아서요.

태수   정선?

한수   네.

태수   그런 산골 아가씨를 어떻게?

한수   아, 이거 비밀인데… 말하면 혼날 수도 있고!

태수   아무 말 안 할 테니 얘기해 봐.

한수   사실 우람이가 소개 시켜줬습니다. 정선 아가씨! 그놈 고향이 정선이잖아요. 여기서 나가면 같이 놀러 가기로 했습니다.

태수   우람이 고향이 정선이라고?

한수   네. 엄마랑 여동생이 지금 정선에 살아요. 여동생이 저

한테 오빠랑 같이 삼겹살 돌구이 해먹자고 오라고 했
거든요.

태수   (약간의 떨림으로) 그 편지… 나 좀 볼 수 있냐?

한수   (장난기로) 에이, 아무리 형님이라도 연애는 너무 사적인….

태수   (진지하게) 그 편지, 나 좀 보자.

한수   (편지를 주며 변명하듯이) 네 형님. 드려야죠! (태수 눈치를 살피고) 우람이 협박한 거 아닙니다. 믿어주세요. 그리고 사실은 아가씨가 아니고 중학생입니다. 연애도 아니고요. 우람이가 편지 받는 게 부럽기도 하고 저도 하도 심심해서 펜팔이나 하게 소개해 달라고 조금 졸랐습니다. 그랬더니 동생이 편지를 보낸 거예요. 근데 중학교 1학년인데 수준이 아주 높아요. 편지도 재미나게 <u>쓰고요</u>. 저랑 대화가 엄청 잘 통합니다.

태수   한수야, 우람이가 몇 살이라고 했지?

한수   연극에서 24살이라고 했잖아요.

태수   그럼 몇 년 생이냐?

한수   93년생이겠죠.

태수   고향은 정선인데 보육원에서 자랐다고 했고. 우리가 지난번에 한 연극의 사건으로 감옥을 왔고.

한수   예! 근데요 저번 연극할 땐 몰랐지만 우람이 어머니는 약간의 지적 장애가 있답니다.

태수   뭐?

한수   근데 생활에 큰 불편은 없대요.

태수   (휘청거리며 침대에 기대어 앉는다. 멀리서 철문 소리 들린다)

한수   형님, 갑자기 왜 이러세요? 어디 아프세요? 교도관 부를까요. 형님!

태수   아니야. 괜찮아.

교도관, 휠체어를 탄 우람을 데리고 들어온다. 우람은 많이 아픈 모습이다.

태수는 우람을 평소보다 유심히 본다.

교도관   조한수, 이 친구 다음 주에 병원으로 이송 간다. 그때까지 잘 좀 보살펴 주고 무슨 일 있으면 바로 교도 불러라. 지금 몸이 많이 안 좋아.

한수   왜요? 어제도 괜찮았는데.

교도관   아픈 티를 안 냈겠지.

태수   (진지하게) 어떤 상태입니까?

교도관   투석도 투석이지만 빨리 이식 받아야 할 상황이래.

태수   기증자, 나섰습니까?

교도관   글쎄! 거기까지야 나도 잘 모르지. 하여튼 가기 전까지 두 사람이 신경 좀 써줘.

우람   저 괜찮습니다. 감사합니다.

교도관   다들 쉬게.

교도관 나가고 태수는 한수와 함께 우람을 눕힌다.

불안해하는 태수.

태수　많이 아프냐?

우람　괜찮습니다. 죄송해요.

한수　이식 받는다고? 야, 너 혹시 두 개 다 문제냐? 하나로도 살 수 있다 그랬는데.

우람　네. 형님. 괜찮아요. 걱정 마세요.

한수　어떻게 걱정을 안 해?

태수　가족들 검사는 다 해 봤냐?

우람　네. 어릴 때 이미 엄마 것을 하나 받았습니다. 걱정 마세요.

한수　아이 씨, 안 되는데. 정선 가서 돌구이 해먹어야 되는데.

우람　형님, 현주랑 편지 하더라도 저 아프다는 얘긴 하지 마세요. 부탁이에요. 네?

한수　알았어. 씨발, 뭐 좋은 소식이라고. 하라 그래도 안 한다. 근데 씨발, 이건 아닌 것 같은데. 안 그래요? 형님. 돈 있고 높은 놈들은 감방 오자마자 아프다고 병원에서 다 치료 받던데. 감방엔 오지도 않잖아요. 그리고 거 뭐야, 노역, 노역도 다 돈으로 쳐 바르고 금방 나가잖아. 근데 이렇게 아픈 애는 왜 씨발 여태까지 그냥 두냐고. 좆도, 이건 아니지! 대한민국 아무리 그래도 이건 아니지! 아이, 씨팔! (태수가 나간다) 형님, 어디 가세요? 형님, 형님!

우람　형님… 저 화장실.

급하게 태수가 어디론가 나가고 한수는 우람을 휠체어에 태우고
화장실로 달려간다.

10장. 결심/ 사무실

조명 들어오면 태수가 감방 복도에서 서성이는 모습이 잠시 보이
다가 교도관의 사무실로 들어간다.

태수   교도관님, 전에 제가 말씀드린 것 가능하겠습니까?

교도관   무슨 말씀인지는 알겠지만 지금 상태로 연극을 할 수 있
        을까요?

태수   할 겁니다. 가족들과 식사하는 게 우람이 꿈이니까요.

교도관   하게 되면 준비해 드리겠습니다.

태수   감사합니다.

교도관   그 전에 하나 물어 봐도 됩니까?… 김태수 씨 몸 상태도
        안 좋은데 왜 그렇게까지 하려는지….

태수   우람이, 단지 불편한 몸으로 태어나서 저항도 한 번 못하
        고 여기를 왔습니다. 어쩌면 돈도 빽도 없어서 지금까지
        순서가 밀렸는지도 모릅니다. 이식 순서도 힘에 의해 바
        뀔 수 있으니까요. 젊고 착한 친구가 이렇게 그냥 간다는
        것이 너무 안타까워서 너무 미안해서….

교도관   아무리 그래도 김태수 씨 생명이 걸린 문제이기도 합
        니다.

태수는 교도관을 바라보며 아무 얘기를 하지 않으며 옅은 미소만

보인다.

태수 감사합니다. 교도관님. 부탁드리겠습니다.
교도관 알겠습니다. 면회 하시고 방에서 기다리십시오.

사무실 조명 어두워지고 면회실 조명이 들어온다. 이 부장이 있다.
태수가 면회실로 들어온다.

태수 자네한테 편지를 한 통 보냈어. 열어보면 그 안에 미자 씨
에게 보내는 편지가 있을 거야. 자네가 직접 갖다 주게. 그
리고 강우람! 자네가 알아 본 미자 씨의 아들 맞지? 지금
나와 같은 방을 쓰네. 살인이야. 협박으로 형을 대신 살고
있어. 1심으로 끝나긴 했지만 누명을 벗을 길이 있을지 좀
알아 봐 주게. 그리고 내 주식과 지분을 모두 처분할 테니
서류도 준비 해 주고.
이부장 사장님, 아니 형님. 갑자기 무슨 일인지 여쭤 봐도 됩니까?
태수 갚아야 할 빚을 갚는 거야. (사이) 빚을 갚으면 마음이 홀가
분해야 하는데 꼭 그렇지만은 않네. 빚이란 게 갚는다고
다 끝나는 건 아닌가봐. 어쩜 사람들이 자기가 진 빚을 그
냥 잊고 지내서 그나마 마음이 편한 걸 수도 있어. 자네,
빚지지 말고 살게.
이부장 네! 말씀하신 건 언제까지 준비를 할까요?
태수 빠르면 빠를수록 좋아. 준비되는 대로 진행해 줘. (나가려다

돌아서서) 생각해 보니 자네에게 빚지지 말라면서 이런 부탁으로 내가 빚을 지는 꼴이군. 미안하네. (빙긋 웃으며) 수고 좀 해 줘.

이부장 빚은 뭔 빚이에요. 건강하게 나오셔서 같이 막걸리나 한잔 해요.

태수 그래. 그러자.

태수가 나가면서 면회실의 조명은 어두워지고 바로 연극 연습실의 조명 밝아지고 연습실 장면으로 이어진다.

11장. 가족 식사/ 연습실

음악이 흐르면서 사람들은 연습실에 무대 세팅을 하고 있다.
연습실은 한 가정의 주방, 식탁처럼 꾸며져 있다.
무대 한쪽 간이 테이블에 휴대용 가스렌지와 주방도구들이 있다.
태수가 된장찌개를 끓인다.

각 인물들은 우람이의 '가장 하고 싶은 일'의 장면 속 인물을 연
기한다.
아버지 역은 태수, 엄마인 미자 역은 지영, 동생 현주 역은 희진,
아들 우람은 우람이 그대로 하고 한수는 우람의 친구 역을 한다.
교도관은 무대 한쪽에서 연극을 본다.

우람 엄마인 미자는 식탁 위에 식사 준비를 한다.
미자 역은 정선 사투리를 쓰면서 지적 장애인의 모습을 연기한다.

희진 선생님, 밥상은 여기에 세팅해놓으면 되겠죠?
지영 네. 한수 씨 가발이 참 잘 어울리시네요.
한수 제가 사회 있을 때 이러고 다녔습니다.
지영 자. 다들 준비 되셨어요? 조명, 고!

연극을 준비하던 모습에서 장면 속 등장인물이 된다.

미자	(수저 놓으며) 우람아, 현주야 밥 먹어.
아버지	(식사 준비하며) 조금 있다가 불러. 아직 준비가 덜 됐어요.
미자	애들도 상 같이 차리면 좋잖아요.

현주가 우람의 휠체어를 밀고 식탁으로 온다.
우람은 많이 아픈 몸이지만 참으려고 애쓰는 모습이다.

현주	뭐이나? 아직 다 안 됐잖아. 아빠 머해? 빨리 안 하고.
우람	강현주, 아빠한테 그러면 안 되지.
현주	그럼 오빠가 해.
미자	니 그러다 엄마한테 혼난대이.
아버지	미안, 미안. 우리 공주님 배고프구나. 이제 곧 다 됩니다. 조금만 참으세요. 일단 요 오이 하나 먹고 있어요.
현주	나 오이 싫어.
우람	현주 너 자꾸 떼 부려?
아버지	괜찮아요. 아빠는 다 받아줄 수 있어요. 다 됐어, 이제 얼른 먹읍시다.
미자	다 차렸어요. 찌개만 있으면 돼요.
아버지	역시 당신은 센스쟁이야. 자~ 찌개 갑니다.
현주	난 후라이 두 개 줘.
아버지	어, 그래. 일단 다 앉자. 앉아서 기도하고 아빠가 더 해 줄게. (식탁에 모여 앉는다) 감사합니다. 오늘 우리 가족이 처음으로 다 모인 날입니다. 진심으로 감사합니다. 차린 것은

없지만 우리가 함께 하는 이 시간에 감사하며 즐거운 식
사가 될 수 있게 도와주십시오. 기도 끝. 자, 다같이!

모두 잘 먹겠습니다.

식사를 하는데 태수가 반찬을 우람의 밥에 얹어준다.
이 장면 이후부터 태수가 하는 아버지의 대사가 본래 연습 때와
는 다른지 다른 인물들이 조금씩 당황하는 모습이 보인다.
하지만 장면은 즉흥으로 신행된다.

우람 아빠, 밥 진짜 맛있어요.

미자 어머나야. 이 디뷔(두부)….

아버지 (우람을 보다가) 우람아, 그동안 아빠가 밥 한 번 못 차려줘서
정말 미안하다.

우람 (당황하여) 네? (호흡 가다듬고) 네. 아빠. 아니에요. 모든 아빠
는 돈 버느라 바쁘잖아요. 다 이해해요.

미자 어머나야. 이 디뷔….

아버지 (미자를 잠시 보다가) 미자야, 당신한테도 정말 미안해.

미자 (당황하지만 태연하게) 어머나야. 이 디뷔 된장찌개 마숩다.
많이 마수와요.

현주 짜구와. 소금을 들이 부었나. 낸 싱거워야 돼.

아버지 물 좀 넣을까?

미자 안 돼요. 그러믄 맹탕 돼요. (현주에게) 니는 가시나야, 밥을
많이 먹어.

현주   엄마는 나만 미워해.

아버지   우람아 많이 아프냐?

우람   (조금 당황하고) 형님… 대사가… 그게 아니… 아니에요! 아빠. 전 그냥 아무거나 다 잘 먹어요.

무대 옆에서 등장을 기다리던 한수, 뭔가 마음에 안 드는 표정으로 나선다.

한수   잠깐만요! 형님 대사가 연습 때랑 너무 달라요. 이러면 난 언제 들어가요?

태수   (자리에서 일어나 서성인다) 어, 미안. 내가 대사를 자꾸 까먹고 만들어서 했네. 요리하랴, 대사하랴, 좀 헷갈렸나봐. 미안합니다. 선생님 다시 한번 할까요?

지영   네, 그럼 처음부터 다시 한번 할까요?

우람   (앉아 있다가 힘겨워 하며 쓰러진다) 으윽!

태수   우람아! 우람아! 교도관님, 빨리 병원으로 가야할 것 같아요. 빨리요! 우람아. 조금만 참아! 조금만 참아!

교도관이 우람의 휠체어를 밀고 급하게 나가면서 암전된다.
구급차 소리 요란하게 난다.

12장. 편지3/ 감방

한수   교도관님, 부르셨습니까.

교도관   좋은 소식이 있다. 우람이. 오늘 수술한다.

한수   아, 다행이네. 근데 형님은 왜 안 오세요?

교도관   기증자가 김태수 씨야.

한수   네? 형님도 신장이 안 좋다면서요!

교도관   그러게 말이다.

한수   그럼 좋은 거하고 안 좋은 거하고 뭘 주는 건데요?

교도관   당연히 좋은 걸 주지 안 좋은 걸 주겠어.

한수   그럼 안 좋은 거는요?

교도관   치료해야겠지.

한수   아, 이상하네. 콩팥까지 줄 정도로 가까운 사이는 아닌데.

교도관   아, 편지! (편지 주며) 우람이가 너 주라더라. 근데 요즘 너한테 편지가 다 온다! 너 우람이 협박했지? 주소가 왜 정선이냐?

한수   나 참! 내가 무슨 양아치에요? 우람이가 제 소개를 했는데 나의 매력에 흠뻑 빠진 아가씨가 자연스럽게 보낸 겁니다. (편지 뺏는다) 자연스럽게 주십시오.

교도관   그래? 잘 해 봐! 한 달 정도는 혼자 지낼 텐데 펜팔이라도 열심히 해야지.

한수   한 달이나요? 그럼 그동안 연극은 나 혼자 해요?

교도관	글쎄! 선생님들이 알아서 하시겠지. 모노드라마도 있잖아.
한수	혼자는 재미없는데….
교도관	넌 혼자가 아니야. 나도 이제 배우할 거다. 해설은 지겨워.
한수	아, 이건 아닌데! 사사로운 감정이 들어갈 수 있는데….
교도관	나 배우가 꿈이었다. 잔소리 말고 연습하러 가자.

교도관 나가고 한수 따라 나간다.

13장. 선물/ 병원

우람이 침대에 누워 있다.

태수가 편지 하나를 들고 수술복 차림으로 들어와 잠든 우람을 본다.

태수 미사야, 나 태수 오빠야. 니가 늘 반갑게 부르던 군인 오라바이, 태수! 기억나니? 우리가 못 본 지 25년이나 됐지만 지금이라도 연락을 한 건 너에게 진심으로 내 마음을 전하고 싶어서야. 어쩌면 나의 이런 노력이 내 스스로를 위로하려는 나의 이기심인지도 모른다. 하지만 꼭 한 번만이라도 내 마음을 전하고 싶었어. 미자야, 진심으로 미안하다. 니가 그동안 얼마나 힘들게 지냈을지 내 짐작은 가지만 다 알 수는 없겠지. 그래도 지금은 멋진 아들과 예쁜 딸의 엄마로 잘 살고 있다는 소식을 듣고 무척 행복했어. 참, 아들 우람이 소식도 들었다. 이젠 걱정 안 해도 돼. 내가 약속할게. 우람이가 건강한 몸으로 집에 오면 세 식구가 아프지 말고 오래오래 행복하게 살아야한다. 언젠가 너를 만나면 뭔가 선물을 주고 싶었는데 이 소식으로 선물을 대신할게. 너를 만나서 사과하고 얘기하는 게 맞겠지만 지금은 내가 그럴 수 없는 상황인 걸 이해해줘. 그래도 이렇게 너에게 편지라도 전할 수 있어서 참 다행이다.

참 행복하다. 오랜만에 느끼는 이 행복은 니가 나에게 주는 선물이란 생각이 드네. 미자야 고마워!

태수가 편지를 수술실 한쪽에 두고 침대에 눕는다.
무대 다른 곳, 감방에서 편지를 읽는 한수와 편지를 쓰는 현주가 보인다.

현주 한수 아재비요, 11월인데 여긴 벌써 눈이 왔어요. 산에 살짝 내린 눈이 엄청 이뻐요. 근데요 눈 보다 더 좋은 일이 있어요. 웬 깍두기 아저씨가 집에 와서 엄마를 만나고 갔는데요, 엄마 말이 깍두기 아저씨가 오빠 아픈 거 다 나을 수 있으니 아무 걱정 안 해도 된다고 하고 갔대요. 누가 자기 신장 하나를 오빠한테 줘버렸대요. 근데 엄마가 아직은 오빠한테 말하지 말래요. 근데 내 생각에 이 소식을 오빠가 들으면 오빠도 엄청 기쁠 거 같아요. 아픈 것도 잊을 수 있고! 어떻게 해야 우리 오빠를 더 기쁘게 할지 방법을 알려주세요.

한수 니네 오빠 이미 기쁠 거다.

현주 그리고 깍두기 아저씨가 엄마한테 편지를 주고 갔어요. 내가 읽어 봤는데 깍두기 아저씨가 우리 엄마를 많이 좋아하나 보더라구요. 미안하다. 사랑한다. 또 뭔지 모르지만 아즈바이가 하고 싶은 선물이 있대요. 어쩌면 처음이자 마지막이래요. 뭐 얼마나 대단한 선물이길래. 근데 선물은 아직 우리 집에 안 왔어요. 깍두기 아저씨들이 나타나고 뭐가 뭔지 많이 헷갈려요. 미안하고 사랑하고, 사랑하고 미안하고. 사랑하면 미안한 거예요? 미안해서 사랑하는 거예요? 어른들은 알다가도 모를 말을 참 많이 해요. 자기들끼리만 알아듣고. 내만 쏙 빼놓고. 참, 우리 동네는 학교에서 아리랑 다 배워요. 나도 잘 해요. 아재비 오면 우리 듀엣해요. 사실, 나 지금 학교 수업 시간에 편지 쓰는 거예요. 어, 담뱅이가 이쪽으로 오고 있어서 그만 쓸게요. 현주.

한수 대체 깍두기들의 정체는 뭐지? (사이) 학교에서 아리랑을 다 배운다고. 그럼 다 잘 할 거 아냐. 쪽팔리면 안 되는데.

한수, 작게 아리랑을 부르며 한수의 공간은 어두워진다.

무대 다른 쪽에 각각 침대에 누운 태수와 우람의 모습 보이고 또 다른 쪽에 태수의 편지를 읽는 미자와 현주가 보인다.

일부분은 현주가 읽어주고 일부분은 미자가 직접 읽는다.
미자는 장애로 인해 소리 내어 읽기가 편하지는 않다.

현주 미자야, 사랑한다. 건강하고 행복해라. 꼭 그래야 한다. 내가 지금 이 말을 할 자격이 없다는 거 알지만 내 진심이다.

현주 (편지 주며) 이제 엄마가 읽어. 내가 알려줬지?

미자   (편지를 보며) 미자야, 사랑한다. 건강하고 행복해라. 그리고 미안하다.

미자/태수   (누워서) 미자의 군인 오라바이 태수가.

현주   엄마, 우나?

우람   (누워서) 엄마, 어제는 우리 가족이 모두 모여서 밥을 먹는 꿈을 꿨어요. 아빠도 같이.

음악이 흐르는 가운데 현주는 소리 없이 우는 엄마를 안아 위로한다.

태수와 우람을 비추는 조명 서서히 어두워지며 막이 내린다.

한국 희곡 명작선 78

선물

초판 1쇄 인쇄일   2021년 11월 25일
초판 1쇄 발행일   2021년 11월 30일

지 은 이   윤정환
만 든 이   이정옥
만 든 곳   평민사
　　　　　서울시 은평구 수색로 340 〈202호〉
　　　　　전화 : 02) 375-8571 / 팩스 : 02) 375-8573
　　　　　http://blog.naver.com/pyung1976
　　　　　이메일   pyung1976@naver.com
등록번호   25100-2015-000102호
ISBN　　　978-89-7115-792-3   04800
　　　　　978-89-7115-663-6   (set)
정　　 가   8,000원

이 책은 사단법인 한국극작가협회가 한국문화예술위원회의 2021년 제4회 극작엑스포
지원금을 받아 출간하였습니다.